AF360426

INSTITUT DE FRANCE

ACADÉMIE FRANÇAISE

DISCOURS

PRONONCÉS DANS LA SÉANCE PUBLIQUE

TENUE PAR

L'ACADÉMIE FRANÇAISE

POUR LA RÉCEPTION DE

M. RENÉ BOYLESVE

Le Jeudi 20 mars 1919.

PARIS

TYPOGRAPHIE DE FIRMIN-DIDOT ET C.ie

IMPRIMEURS DE L'INSTITUT DE FRANCE, RUE JACOB, 56

M D CCCC XIX

INSTITUT.
1919. — 8.

ACADÉMIE FRANÇAISE

M. René Boylesve, ayant été élu par l'Académie française à la place vacante par la mort de M. Alfred Mézières, y est venu prendre séance le jeudi 20 mars 1919, et a prononcé le discours suivant :

Messieurs,

Sans manquer à la modestie — particulièrement convenable à cette place, — j'oserai dire que je m'étonne moins du grand honneur qui m'est fait, lorsque j'évoque le souvenir de celui qui le premier m'engagea à solliciter vos suffrages. Vos portes se sont largement ouvertes, non en vérité à mes mérites personnels, mais, par une pieuse condescendance, au vœu pour ainsi dire testamentaire d'un de vos plus illustres confrères enlevé prématurément à l'art dramatique, à la lumineuse « connaissance de l'esprit humain », à cette forme supérieure de l'ironie qui s'allie si bien avec la bonté et le goût de la justice : j'ai nommé l'auteur de *La Course du Flambeau*. Je l'avoue, je me suis vu constamment conduit jusqu'à chacun de vos seuils par cette grande ombre; c'est elle que vous accueilliez si complaisamment; c'est elle qui vous parlait pour moi; et quand je vous remercie, aujourd'hui, c'est tout ensemble d'avoir tant fait en ma faveur et d'avoir acquiescé encore une fois au désir d'un de ces hommes dont le caractère m'est si cher — et dont le penchant est en toute occasion, non pas d'attendre mais de prendre les devants.

Messieurs, l'étonnement, je l'éprouve, et je le provoquerai peut-être, en constatant qu'aborder le sujet de quelques réflexions sur Alfred Mézières et feuilleter la vie de ce bel honnête homme de la seconde partie du XIXe siècle, c'est toucher une matière toute proche de nous, presque brûlante.

J'ouvre au hasard un des dix-sept volumes d'Alfred Mézières et j'y lis ceci :

« M. de Werder montra tout de suite qu'il ne se laisserait pas arrêter par les règles ordinaires du droit des gens. Il mit en réquisition les habitants des environs de Strasbourg pour travailler aux ouvrages du siège... Il semble qu'on ait voulu forcer les défenseurs à capituler par les souffrances qu'on infligeait à ceux qui ne pouvaient se défendre. N'espérait-on point, par exemple, désarmer les canonniers de la place en leur montrant, sur les travaux des assaillants, quelques compatriotes que leurs projectiles risquaient d'atteindre en même temps que l'ennemi? De tels procédés — ajoute Mézières avec une mélancolie que notre maturité trouvera peut-être ingénue — de tels procédés révoltent les nations civilisées (1). »

____

(1) *Récits de l'invasion*, p. 56.

Ces lignes furent écrites le 1ᵉʳ octobre 1870.

Dès le début de la campagne de 1870, Alfred Mézières avait, en quelques mots tout unis, dégagé, en ce qu'elle a d'essentiel, la mentalité de guerre allemande, telle qu'elle sera plus tard révélée, développée et précisée dans de copieux et savants ouvrages qui ne furent que trop peu lus parmi nous, dont la connaissance nous eût épargné, à nous et à nos alliés, bien des surprises et de stériles indignations après coup. Que n'avions-nous présentes à l'esprit, depuis quarante-sept ans, les quelques lignes, si simples, d'Alfred Mézières !

Il serait trop aisé, en parcourant cette vie laborieuse, de ne pas quitter un instant notre immense souci de ces quatre dernières années. Je vous citais une page écrite au second mois de l'année terrible. Si j'ouvre le dernier volume publié près d'un demi-siècle plus tard par l'écrivain plus qu'octogénaire, sous le titre *Ultima verba*, je trouve encore sa mémoire de citoyen tenace, attachée à ce siège de Strasbourg.

Il y voit, dit-il, « une série de leçons que nous ne saurions trop méditer ». Et il fait cette réflexion à la veille de 1914 ! Que de leçons il trouvera dans sa connaissance de l'Allemagne ! En voici une, entre autres : *les Affinités électives* ayant paru en 1809, l'année suivante, le ministre français Portalis, prenant la défense de ses administrés d'outre-Rhin, fit demander à Gœthe s'il avait autorisé un libraire de Cologne à éditer son roman. Et Mézières nous fait souvenir de la réflexion que cet acte inspire à Gœthe, en ses *Annales* : « C'est ainsi, écrit le poète, que les Français avaient la plus haute idée de la propriété individuelle et de l'égalité des droits, idée à laquelle les bons Allemands ne devaient pas s'élever de sitôt (1). » En effet !

Alfred Mézières a nommé la ville de Metz sa patrie.

Son grand-père maternel avait construit les fortifications de Mayence sous la surveillance directe de l'Empereur ; quatre de ses cousins se trouvaient à Leipzig.

Son père, « descendant direct d'une des plus anciennes et des plus nobles familles du Maine » avait renoncé à tous ses titres pour se contenter du nom de la terre de Mézières. Par sa mère, il appartenait à la famille irlandaise des O'Brien qui avait suivi en France la fortune des Stuarts.

Il entra à l'École Normale supérieure où il fit partie de la promotion antérieure à celle de 1848 et qui fut singulièrement agitée par la Révolution. Il s'est peint lui-même « avec une écharpe tricolore et un grand sabre de cavalerie à la ceinture », loin de ses cours et de ses études, et transformé par le gouvernement, en « défenseur de l'ordre », puis enfin, doté régulièrement, comme l'École polytechnique, d'un costume militaire, et même « obligé de monter à cheval ». C'est dans cet appareil qu'il contribua personnellement à sauver l'Hôtel de Ville et à le remettre intact aux mains de Lamartine, le 15 mai 1848.

Il a noté en quelques lignes, et non sans esprit, la philosophie de la guerre civile : « Personne, dit-il, parmi ceux qui avaient été des volontaires de l'insurrection, ne voulait avoir fait partie de l'émeute ; c'était à qui nous prêterait son concours pour remettre les pavés en place. Une

____

(1) *Gœthe*, II, p. 215.

seule fois, une fille du peuple à laquelle nous demandions
de nous aider nous répondit gaîment : « Ma foi, non,
messieurs, je ne toucherai pas à cette barricade : j'ai eu
trop de mal à la faire ». Singulière ironie des choses !
quelques heures auparavant, cette faubourienne aurait
tranquillement assassiné nos soldats par une embrasure
de barricade ou par un soupirail de cave. Nos soldats, de
leur côté, l'auraient passée par les armes si elle était
tombée entre leurs mains. Le vent avait tourné. » (1)

Cette participation aux événements, cette réflexion sur
les deux faces de la barricade ne laissèrent pas de déposer
quelque ferment dans l'esprit d'un jeune homme. Ce
n'est pas impunément qu'à vingt ans on participe de si
près à l'Histoire. Quarante-huit nous apparaît un peu
comme un vieux semeur barbu, en redingote noire, de qui
le pied est encore mal fait au contact de la terre, mais
qui jette dans les sillons une sorte de grain de poésie. Le
propre de la poésie est de faire sourire les gens habiles
ou les fortes têtes qui, faute d'un peu de candeur, sont
parfois stériles, tandis que la poésie, lorsqu'elle est
bonne, est féconde. Les hommes de 48 avaient un idéal,
une foi. C'est évidemment une excellente condition pour
commettre, immédiatement du moins, les plus graves
erreurs, car en ce cas le cœur est maître du cerveau. Cependant si, au contraire, le cerveau prend le dessus sans être
suivi par le cœur, il ne crée jamais une véritable force.
La direction des affaires humaines est-elle condamnée à
osciller toujours entre les deux termes de cette alternative ?

---

(1) *Au temps passé*, p. 90.

Nous avons pu apprécier la valeur d'un idéal dans le grand choc qui vient de bouleverser le monde. Serait-ce le grain de 48 qui aurait germé? Ou bien assistons-nous à l'éclosion d'une plante nouvelle? L'impossibilité de répondre à la question, en tout cas, me retient de sourire si par hasard j'aperçois quelque semeur en apparence mal adapté aux conditions actuelles de la terre. Dans le domaine des Lettres dont nous ne voulons pas nous écarter, nous reconnaissons généralement que celui qui, à l'aide de meilleurs jarrets, peut escalader les plus hautes cimes, ou celui qui jouit d'une vue plus perçante doit crier ce qu'il aperçoit à l'horizon que les autres ne voient point. Le divinateur a le devoir d'assumer le rôle ingrat et momentanément ridicule de prophète; il doit essayer de commander au jugement des foules et se garder d'attendre le résultat de suffrages qui eussent laissé dans l'ombre, chez nous du moins, pendant des siècles, un Shakespeare, et ignoré Racine et Stendhal et tous ces auteurs malheureux ou maudits du XIXe siècle qui furent notre nourriture substantielle plus sûrement que les favoris de la gloire.

Au sortir de l'École Normale, dont il fallut bien reprendre les paisibles travaux après ces brillantes échauffourées, Alfred Mézières passa deux années dans l'Enseignement secondaire.

Il nous a retracé dans un volume rempli de notes précieuses ou charmantes, intitulé *Au temps passé*, la vie qui était alors celle des universitaires — non fort différente, en vérité, de ce qu'elle est aujourd'hui : « Presque tous sans fortune, les membres de l'Université supportaient

avec vaillance, avec philosophie, la médiocrité de leur
situation. L'antiquité classique, surtout l'antiquité latine,
les nourrissaient de maximes fortes. Pour ma part, ajoute-
t-il, c'est à cette éducation de l'esprit par les lettres que
j'attribue en grande partie les vertus spéciales qui hono-
raient alors le corps universitaire : une certaine fierté,
une certaine noblesse d'âme, le sentiment très vif qu'il y
a de par le monde quelque chose de supérieur aux avantages matériels dont le monde raffole, le culte de l'idée
pure au sein d'une société affairée et calculatrice (1). »

Peut-être a-t-on trop longtemps pensé que le « culte
de l'idée pure » suffisait à nourrir les hommes très culti-
vés. Nous avons une tendance, en France où le désintéressement absolu est fréquent beaucoup plus qu'on ne
pense, à considérer l'ascétisme comme un état de nature.

Toujours est-il qu'une vie morale d'une telle qualité ne
va pas sans communiquer à l'âme une délicatesse qui
rendit Alfred Mézières, comme un grand nombre de ses
confrères, extrêmement sensible au dédain de l'idéo-
logie par quoi furent caractérisés les événements du 2 dé-
cembre. Dès lors, le jeune professeur se trouva faire
partie d'un corps devenu « suspect au nouveau régime ».
Il est sobre de commentaires — suivant sa discrétion habi-
tuelle — sur les mouvements intimes de son esprit ; il ne
fut jamais des protestataires violents, mais, par l'orienta-
tion future de ses idées politiques, il semble bien que
ce soit dès ce moment-là que son opinion, sans être
soustraite à la hantise de « la Légende napoléonienne »

---

(1) *Au temps passé*, p. 90.

qui l'avait bercé, s'accoutuma à la tenir pour close.

Un fait d'un ordre différent, et qui paraît avoir agi d'une manière efficace sur la carrière et sur l'œuvre d'Alfred Mézières fut son admission à l'École Française d'Athènes.

Dans les lettres qu'il écrivait d'Athènes, puis de Sicile, puis d'Italie à sa famille, entre deux accès de fièvre, sur le pont des lents bateaux méditerranéens ou dans les auberges, étudiant simultanément les antiquités grecque et latine, la langue italienne pour contempler dès son berceau la littérature moderne, et l'anglaise afin d'atteindre les sommets de la poésie, il montre une grande distinction d'esprit, une érudition non affectée, un robuste bon sens, une disposition très marquée à ramener toutes choses au réel, sans les abaisser pour cela, un enjouement à fleur de peau, de bon aloi, ne dépassant pas les bornes de la plus parfaite correction, mais qui, par son extrême décence, nous trompe parfois sur la très réelle fermeté de la pensée qui fut la sienne, sans qu'il en livrât à aucun moment les aspects fiévreux.

Mézières ne paraît pas avoir un genre d'ambition devenu depuis lors commun, celui de s'imposer, de se faire un nom, encore moins de s'enrichir. Ces « grandeurs de chair » étaient à peu près insoupçonnées de son milieu. Il a l'ambition de savoir davantage, de s'orner l'esprit, et il ne cesse pas de tenir au premier plan de ses préoccupations l'état moral et intellectuel de son pays qu'il tient à servir.

Il est professeur de littérature étrangère. Mais il n'est pas homme à demeurer enfermé dans son cabinet, méthodiquement garanti contre les bruits de la rue. La vie

publique lui avait fait d'un peu rudes avances en venant
le chercher dans sa thébaïde de l'École Normale ; il ne
lui en garde point rancune, bien au contraire ; et lorsqu'il
eût eu tous les droits, et, mon Dieu, peut-être quelque
intérêt, à demeurer paisiblement adonné à ses chères
études, il se jette dans l'opposition au gouvernement, en
contribuant, dès 1864, à fonder un journal. Et ce journal
était *le Temps*.

Il y consacra les premières économies de son jeune
ménage. Et nul ne pouvait croire alors que ce pût être
un placement de père de famille ! Le journal vivait au
jour le jour ; il suffisait d'une phrase trop vive pour
mettre en danger son existence. Mézières, racontant plus
tard, beaucoup plus tard, cet état périlleux de la presse,
semble craindre que, sous un régime de liberté, on ait
quelque mal à croire aux difficultés de ces débuts. Nous
sommes mieux placés pour les comprendre aujourd'hui.
« Ceux, dit-il, qui n'ont pas connu cette époque douloureuse, peuvent se plaindre quelquefois avec raison de
l'extrême liberté de la presse, mais qu'ils en croient notre
expérience ! Pour l'ensemble de la nation elle-même,
pour la force et pour l'honneur du pays, rien de plus
dangereux que le régime du silence... Tout vaut mieux,
même les excès, que l'obscurité et les ténèbres. » Et le
premier article que présenta Alfred Mézières au *Temps*
avait pour sujet la liberté de la presse en Angleterre !...

Ses souvenirs relatifs aux premières années de cette
fondation du grand journal du soir semblent évoquer une
époque quasi primitive, une République de Caton. La
figure de Nefftzer, le fondateur, s'y détache en fier et

puissant relief : un homme qui « ne se contentait pas de défendre une politique libérale », mais qui proscrivait la déclamation, les phrases, pour qui les questions de personnes étaient reléguées au second plan, la lutte limitée aux seules idées. Là parut Scherer « élevé à Genève, ancien ministre du culte protestant... quelque chose de puritain dans sa tenue sévère, dans la correction constante de son attitude »; un critique qui, dit Mézières, « ne critiquait pas de parti pris », un critique sur le libre jugement de qui « n'influait aucune réputation, aucun titre officiel, pas même la qualité de membre de l'Académie française ».

Ce que ces belles mœurs politiques et littéraires pouvaient avoir d'un peu « roide » comme on disait encore à cette époque, ou d'un peu âpre pour nos goûts modernes, devait être tempéré par la grâce d'esprit de l'homme inoubliable que fut alors, à la même table de rédaction, Adrien Hébrard.

Peut-être grâce à celui-ci, la cellule où s'élaborait la République parut-elle plus avenante à Alfred Mézières qui semble n'avoir conservé, de débuts si rigides, que la tenue et la loyauté. Il n'offre rien d'un rigoriste ; il est sociable, conciliant; il y a même en lui un homme du monde. Fut-ce à sa province de Lorraine, fut-ce à l'Anjou de ses grands-pères qu'il dut d'avoir gardé toujours une aménité aussi complaisante qu'avertie, un sourire sous la gravité qui orne sa figure et nous la fait apparaître si clairement française? Toujours est-il que c'est sous cet aspect d'homme essentiellement civil et de bonne compagnie que nous le voyons soutenir avec un attendrissement

passionné ses principes de libéralisme, soit chez le duc
Victor de Broglie dont il fréquente le salon, où il
éprouve une si haute volupté à « examiner chaque question en elle-même, sans aucun souci de ce qu'en pensera
le monde », soit près de telle grande dame de qui il dit
que « le meilleur moyen de lui plaire était non pas de lui
donner raison, mais d'avoir raison contre elle (1) ». C'est
exactement ce qu'il loue, ailleurs, et entre autres qualités,
chez Gœthe. Et ce sont bien là les principes, précisément, d'une société très polie, si par hasard ce n'étaient
pas ceux d'une grande politique.

Conception libérale du monde!... Rêve d'âmes exquises!
Carte du *Tendre* étalée sur le tapis vert des Congrès!
Poésie des Affaires Étrangères! Tentative d'une élite
d'hommes qui ont plus fréquenté les élites que les
hommes! Illusion? C'est possible. Mais, tout de même,
honneur de l'Humanité, tant il est vrai qu'en définitive
et en dépit des apparences proches, l'élément moral
domine les accommodements les plus machiavéliques et
qu'une seule puissance défie aujourd'hui toute violation,
et c'est la conscience humaine. Sa généralisation — on
ne saurait dire son avènement — est peut-être le plus
grand fait des temps modernes.

Dans un article sur La Fayette, Alfred Mézières évoquant
le retour du héros de la campagne de Virginie, écrit :
« Ce n'était pas seulement le vainqueur qu'on acclamait.
La France du XVIIIe siècle saluait en lui le défenseur
d'une cause, le soldat de la liberté. Ce représentant de la

______

(1) *De tout un peu*, p. 73.

plus vieille aristocratie du monde avait pris parti pour les idées d'émancipation et de justice qui hantaient les esprits à la veille de la Révolution. » « Singulier temps, ajoute-t-il, que celui où les maréchaux de France, réunis chez le vieux maréchal de Richelieu, le survivant de tout un monde disparu, portaient la santé de Washington en priant La Fayette de lui présenter leurs hommages (1)! »

Ce temps qui semblait « singulier » à l'heure où écrivait Mézières, est plus proche de nous qu'il ne l'était de lui.

Appuyé sur un amour profond et éclairé de son propre pays, Alfred Mézières avait l'âme sincèrement généreuse, ce qui n'exclut ni le sang-froid dans l'appréciation des hommes, ni la clairvoyance politique, ni l'absence de naïveté dans la conduite de la vie; mais ce qui communique toujours à une œuvre écrite comme au souvenir même d'un homme, la rare vertu de la sympathie.

Art curieux que celui d'Alfred Mézières : la chronique, libre, sur l'histoire ou la littérature! Reste de notre vieil art du moraliste, héritage de Montaigne, qui s'accroît de l'art de l'historien et ne saurait être vicié que par les exigences de la presse moderne, laquelle condamne son rédacteur à être moraliste et historien comme le timbre d'une pendule est sonore : à intervalles égaux, et sans répit, jusqu'à ce que le ressort soit détendu. Art qui, chez nous, sera toujours tributaire d'un maître qu'on n'a point égalé, de qui les lumières ont plus ou moins inspiré presque tout ce qui s'est écrit d'excellent sur la littéra-

_____

(1) *Morts et vivants*, p. 150.

ture, en France, depuis cinquante ans : le grand Sainte-Beuve. En cet art Mézières excella. Quelles pages n'eût-il pas ajoutées à ces recueils de chroniques intitulés *Silhouettes de soldats!* Chacun en devine les titres et en entend l'accent.

Mais, dans le même temps, il professe la littérature étrangère, et il écrit ses trois ou quatre grands ouvrages. Il a été un de ces Français, dit-il, avec une modestie élégante, qui ont reconnu « qu'il ne nous est pas inutile de vivre de temps en temps par la pensée au milieu des étrangers (1) ». Attention filiale envers son pays : point de départ de ces remarquables études sur Shakespeare, sur Gœthe, sur Pétrarque, c'est-à-dire : sur le poète au génie le plus libre, sur l'homme de raison s'il en fut, — qu'un poète a appelé le moins Allemand des Allemands, — et sur le plus universel humaniste.

Il n'est pas en mon pouvoir de déterminer le motif qui décida de ce choix : mais lisant chacun des ouvrages que ce choix a suscités, je suis bien obligé de reconnaître la très particulière qualité que Mézières s'appliquera sans cesse à mettre en valeur chez ses auteurs de prédilection : l'indépendance de la pensée et de l'art, l'isolement des âmes supérieures, au milieu de la foule, non pour la dédaigner, certes, mais pour la servir mieux, enfin un religieux respect envers cette entité mystérieuse que les hommes de son temps divinisaient sous le nom de Liberté.

Je suis moi-même tout juste d'âge à avoir encore reçu l'enseignement d'honnêtes gens qui professaient ce culte

---

(1) *En France*. Avant-propos.

du libéralisme aujourd'hui un peu passé de mode. Vous permettrez sans doute à un simple écrivain d'imagination, de qui l'on ne saurait attendre que contes ou rêveries, d'introduire ici une sorte d'apologue dont le sens établira avec netteté mes points de contact avec mon illustre prédécesseur.

Il s'agit d'un songe que je fis vers ma vingtième année. J'abordais dans un pays ignoré de moi, où mon attention était attirée par une inscription en trois termes, identiquement répétée au fronton des palais, gravée sur les monnaies, imprimée sur les affiches officielles. En ma naïveté, je conclus que le pays était gouverné par trois princesses. Précisément, sortaient d'un édifice fastueux trois jeunes filles, merveilleusement ornées, le front ceint du diadème ; la première, surtout, était suivie d'une cour nombreuse et enthousiaste.

Ce ne pouvaient être que trois princesses issues d'une page des *Mille et une nuits*. Bien que toutes les trois eussent leur beauté, la première, en son port plein d'allégresse, en ses gestes heureux et en je ne sais quelle triomphale fierté, légitimait dès l'abord son succès et le nom que je devinais qu'elle portait. Une espèce de nain grotesque, un fou, ce fou en qui tous les auteurs, par un singulier accord, se sont concertés pour incarner la sagesse, me heurta en ricanant. Je lui adressai la parole : « Je te reconnais, toi, car j'ai lu des livres : tu appartiens, n'est-il pas vrai ? aux souveraines d'un peuple heureux ?... » Il me dit : « Je suis, comme de juste, à la plus belle ! Incline-toi, inconnu. Sache que des milliers d'hommes l'encensent, la chantent, se privent de tout en son honneur et se font, à l'occasion, héroïquement massacrer pour elle. — N'est-ce pas la Liberté? lui dis-je. — C'est elle. — Ah! » fis-je, en saluant la première des trois princesses, car je me sentais un irrésistible attrait pour cette femme admirable. — N'oublie pas les deux autres! me souffla le nain : la cadette est déjà irritée parce que ta taille n'est pas celle du commun. — La plus jeune, hasardai-je, me paraît divine!... — Peuh! fit le monstre en tournant sur un talon, celle-là n'est pas dangereuse : elle vit dans les nuages. Si jamais son règne arrive, nous serons au Paradis terrestre... C'est la Fraternité... » Et, m'entraînant par le bas de ma veste, il me glapit d'en bas : « Ne va pas te monter la tête et raconter chez toi que tu sors du pays des merveilles : ma maîtresse comme ses sœurs ne sont ici qu'en manière de parade, en effet leur figure est plaisante, et les hommes, tu le sais, ont besoin d'être charmés; mais, entre nous, les trois belles ont peu de part aux affaires... — Eh! quoi! ne sont-elles pas les reines? Qui donc gouverne chez vous où tout semble aller assez bien?.. » Le fou hésita un instant puis me confia : « C'est quelqu'un sans esprit ni tournure et qui ne se montre guère, car il ne s'entend pas à l'art de la flatterie; et cependant sans lui ses Filles idolâtrées ne seraient que de très vains fantômes... — Enfin, me diras-tu qui règne ici? » Le bouffon me dit : « C'est l'Autorité. »

Si j'ai laissé glisser entre vos mains la clef de ce songe, j'ai confessé à tous mon goût pour la fille des dieux que servit Mézières et indiqué exactement l'instant où je suis tout à Elle. C'est celui où l'on pénètre dans le domaine littéraire. Il ne s'agit plus ici, de demander, au nom des principes libéraux, la naturelle expansion de la Prusse, comme le firent nos âmes — vraiment exquises — au milieu du XIXe siècle! Il ne s'agit pas, bien entendu, de soutenir le droit de divagation chez le premier venu. Il s'agit d'applaudir le génie manifeste d'avoir usé de tous ses feux et, quitte à avoir répandu çà et là quelque odeur de fagot, d'avoir produit une intensité de flamme que, sans lui et sa liberté totale, le monde n'eût point vue. Il s'agit de littérature.

Messieurs, le modération d'Alfred Mézières n'empêche que nous trouvons çà et là, chez lui, dépourvues de tout bruit annonciateur et de toute rhétorique amplificatrice, des opinions audacieuses, non résultats d'un caprice, mais fermement assises et périodiquement renouvelées, qui, accompagnées du moindre son de trompette, n'eussent pas valu à leur auteur la renommée d'un homme de tout repos.

Lorsque Gœthe, parlant avec la chaleureuse et si souvent féconde ivresse d'un écrivain de « jeune revue », dit qu' « une œuvre d'art ne doit s'adresser qu'au sentiment esthétique et ne peut être jugée que par les facultés auxquelles elle s'adresse », Alfred Mézières, son commentateur, ajoute : « Il y a bien du vrai dans cette théorie. Si l'on veut prêcher la morale au théâtre, on s'expose à composer, comme Diderot, des pièces ennuyeuses et larmoyantes. Ne vaut-il pas mieux entretenir au fond de soi-même un sentiment énergique de la moralité et le porter ensuite sur la scène sans dessein préconçu, par la force de l'habitude et de l'élévation naturelle de la pensée? » Une telle réflexion n'a presque l'air de rien, mais elle contient une des théories littéraires les plus fertiles, une théorie essentielle, et d'où peut dépendre le sort d'une littérature. Et Mézières prend parti, un parti conforme à sa constante attitude intellectuelle, et conforme à son discernement de grand lettré.

Ami véritable des arts et même audacieux ami, ne prouve-t-il pas encore qu'il l'est lorsque, méditant sur l'ensemble de l'œuvre et de la vie de Gœthe, il écrit de ce poète, que : « l'amour du beau a été la plus grande passion de sa vie et qu'il a beaucoup plus songé à être un grand artiste qu'un bienfaiteur de l'humanité », « ces deux rôles, ajoute-t-il aussitôt, se confondant dans son esprit. » « Faire de grandes œuvres, c'était, suivant Gœthe, — et il ne se trompait point — (c'est Mézières qui parle) c'était travailler au progrès social, payer à la patrie, à l'humanité, la dette du citoyen et de l'homme utile. »

Il n'est pas si commun de mettre en évidence des opinions de cette nature. C'est qu'elles courent le risque de heurter le sentiment général qui est, encore de nos jours, mal préparé à comprendre l'identité de l'œuvre d'art et de l'œuvre d'utilité nationale.

Nous traversons une période trop extraordinaire pour que l'œuvre d'art puisse souffrir le parallèle avec les actes du politique ou du guerrier. Mais faisons un effort pour nous transporter aux époques moins critiques. Un moraliste, observateur pénétrant ou spirituel, qui fait, par exemple, une bonne comédie, pour n'avoir qu'une part, peut-être relativement éloignée, à l'action auguste, y contribue cependant, car non seulement il enrichit le

patrimoine esthétique qui est l'ornement de la nation,
mais il est, à l'étranger où il pénètre, une sorte d'ambas-
sadeur perpétuel, — et favori — un ministre, souvent
sans insignes et sans titres, mais dont la voix dépasse
l'enceinte des palais et le monde des salons diploma-
tiques et va toucher au loin, au plus profond, les foules,
l'opinion publique, — le souverain nouveau — par le
moyen le plus persuasif qui soit : le plaisir. Il y redit,
de génération en génération, quelque chose du génie de
sa propre race, et en livre la formule aux méditations
des âmes innombrables qu'il a charmées. C'est La Bruyère
qui a parlé — peut-être le premier — du « désir d'être
utile à sa patrie par ses écrits (1) ». Et qu'était-ce que
les écrits de La Bruyère, sinon le type le plus pur et le
plus condensé de ce que devaient être plus tard tous nos
« ouvrages de mœurs » c'est-à-dire nos comédies et nos
romans satiriques? Ce n'est pas seulement par nos habiles
plénipotentiaires, ce n'est pas seulement par nos voya-
geurs dévoués que nous sommes connus et estimés hors
de nos frontières, mais c'est aussi par le théâtre qui
secoue les foules et c'est aussi par le livre qui s'installe
et demeure dans les maisons en ami, en prétexte à cau-
serie, en excitateur de songeries sans fin. Ne comptons
pas pour la propagande uniquement sur les paroles
doctes et savantes. Il y a toujours du conte de Fées dans
les affaires du monde les plus sérieuses... Comptons un
peu sur la baguette magique... L'écrivain, c'est l'Enchan-
teur. Il porte sous son aisselle la Boîte de Pandore, mais

---

(1) La Bruyère. *Préface au Discours prononcé dans l'Académie française.*

il a toujours l'air d'en faire sortir les robes de Peau d'Ane. Il change la couleur du ciel. S'il dit qu'il fait beau temps quand il pleut, il se fait croire. Il fait luire des trésors aux yeux des déshérités du monde. Il donne des heures d'amour aux malheureux qui pleurent d'être seuls. « La principale règle est de plaire », ont dit formellement presque tous nos grands classiques du XVIIe siècle, qui avaient pleine conscience de la puissance morale de leur rôle. Ne marchandons pas notre crédit aux écrivains, c'est-à-dire à ces êtres étranges doués de l'exceptionnel pouvoir d'émettre sur toute la surface du globe les rayons émanés du foyer national. Leur chant est comparable à la musique populaire que l'on ne saurait ni susciter ni contraindre, qui éclate, divague ou se tait selon l'état du pouls de la collectivité, qui suit merveilleusement les états de santé de la masse et qui est douée d'une séduction qui emporte tout.

Mais on donne des instructions aux ambassadeurs ! on leur apprend un langage où chaque phrase est précédée de : « casse-cou ! ». Et aux écrivains qui se chargent eux-mêmes d'exporter nos mœurs, nos idées, nos figures ?

Hélas ! la littérature, comme la langue, est la meilleure et la pire des choses ; et elle doit rester ceci et cela, sous la menace de n'être plus rien. J'entends et je soutiens que nous avons besoin de notre franc-parler. Il convient d'admettre que le franc-parler peut être différent selon l'état général des esprits, qui se retourne comme un troupeau selon que le chien passe à droite ou à gauche. Il y a chances que d'ici à longtemps nous restions comme des fidèles à la sortie d'un trop émouvant sacrifice et, peut-être pour la première fois, des peuples victorieux seront obligés à moins s'enivrer du triomphe qu'à méditer sur la gravité de leurs devoirs nouveaux. La Gloire ne se coiffe plus de panache, mais du beau voile qui fait son visage sérieux, son regard profond. Elle a grandi; avec le monde entier elle atteint l'âge de la maturité.

La vérité est qu'il faut beaucoup de finesse pour pénétrer toute œuvre marquée de caractère national. Que nos ouvrages d'imagination exigent donc de finesse, entre tous les autres, de la part des étrangers!...

S'il est arrivé à certains de nos écrivains, de donner de nous une image défavorable, ils portaient cependant avec eux une particularité très typique de notre caractère; ils ont enseigné partout que nous n'aimons point nous peindre avec exactitude. Songeons que c'est aussi la marque des artistes de préférer leur interprétation au modèle. Nous autres, nous transposons; nous aimons à présenter de nous une image conventionnelle que les seuls initiés sauront mettre au point. Il y a de la jeunesse, peut-être même de l'enfantillage en ces jeux d'atelier : nous nous costumons volontiers en matamores; nous aimons à déconcerter. Disons aussi qu'une de nos élégances est de taire avec soin et de nier au besoin, sinon de bafouer, nos plus incontestables qualités. Il entre bien quelque pudeur dans notre prétendue immoralité.

Libre, inconsidérée, jeune éternellement, — enfin, telle qu'elle est — notre littérature vaut probablement mieux qu'étouffée ou servile. Nos écrivains ne sauraient rien produire de vivant et de viable que par la grâce de leur franche spontanéité.

Ce goût de la liberté et cette croyance en l'excellence du développement de la personnalité humaine, que nous retrouvons chez Alfred Mézières à toute époque de sa vie, c'est en particulier dans son ouvrage capital que nous le sentons s'exalter, c'est dans sa très belle trilogie sur les Prédécesseurs, les Contemporains, les Successeurs de Shakespeare, sur Shakespeare lui-même.

Remarquons tout de suite que ce qu'une pareille tendance pourrait présenter d'inquiétant est endigué chez lui et retenu, comme tous ses transports, par la connaissance et l'amour éclairé de la tradition nationale; aussi, est-ce en Angleterre qu'il se juge, si l'on peut dire, le plus libre d'être libre, parce que là, jamais, la sagesse accumulée par l'expérience séculaire n'a été négligée par les tendances les plus indépendantes.

L'Angleterre, comme le reste du monde, se laisse imprégner par la Renaissance, mais elle en subit l'éclat sans se détacher de ses propres origines; elle modifie les vieux moules de ses Mystères, mais elle a bien soin de conserver ce qui faisait chez elle l'infaillible attrait : l'esprit des vieilles légendes nationales, cet indéfinissable humour « qui n'est guère autre chose qu'une manière plaisante et imprévue de présenter des idées sérieuses (1). »

Ce qui fait le caractère incomparable de l'histoire d'Angleterre, et ce qui provoque l'admiration d'Alfred Mézières, c'est « ce double courant de gravité et de verve comique qui se continue sous les œuvres les plus popu-

---

(1) *Prédécesseurs*, p. 12.

laires. Un seul événement, dit-il, la victoire des Puritains... l'interrompt pendant quelques années. De 1640 à 1660, il est défendu de rire dans toute l'étendue du territoire anglais (1) ».

C'est parce qu'un homme comme Mézières ne saurait être suspecté d'avoir insuffisamment aimé notre magnifique littérature du XVIIᵉ siècle, disciplinée et aristocratique, qu'il est intéressant de le voir ne pas retenir son adhésion raisonnée et enthousiaste à l' « art libre et varié » de ces auteurs britanniques qui « entendaient ne se soumettre à aucune règle qui pût enchaîner leur imagination (2) ». « A leurs yeux, dit-il, la fantaisie était souveraine comme elle l'avait été antérieurement dans toutes les œuvres de l'art » ; « ils échappaient à l'Art poétique d'Horace » comme ils brisaient les moules des Comédies de Plaute et de Térence; et ils étaient servis dans leur liberté par la Reine qui n'imposa jamais son opinion... (3).

Messieurs, l'homme dont nous venons d'évoquer très insuffisamment le caractère, toujours attaché à la sagesse, à l'impartialité comme à la liberté, mais gardant intangible et sacrée l'idée de patrie, ne demeura, durant sa vie longue, étranger à rien qui fût grand, et ajouta au besoin l'acte aux paroles. Au milieu des manifestations de sa très vive activité, il se ménagea le temps nécessaire au rôle de citoyen. Professeur, journaliste, écrivain, il se présenta devant les électeurs pour servir à la Haute Assemblée son pays de frontière, son pays meurtri. Il fut

---

(1) *Prédécesseurs*, p. 13.
(2) *Prédécesseurs, ibid.*, p. 17.
(3) *Prédécesseurs, ibid.*, p. 22.

sénateur. Il ne montra, au Sénat, d'autre ambition que celle d'employer au bien de tous ses connaissances particulières. Il fut Président de l'Association des Journalistes républicains, et j'ai recueilli maints témoignages attendris ou reconnaissants de son assiduité et de son concours aussi complaisant qu'efficace. Il s'était de tous temps occupé des choses militaires et y avait acquis une rare compétence. Il fit partie de la Commission de l'Armée. Il est tel de vous, Messieurs, qui n'ignore pas avec quelle énergie il s'éleva en faveur de la loi de trois ans. Mieux que personne il connaissait l'Allemagne; moins que personne, il se faisait illusion sur les sacrifices immesurables qui, dans un bref délai, devraient être exigés de nous. Il était parmi nous, mais son âme ne se lassa jamais de monter le guet, là-bas, dans son tout petit pays, le plus voisin possible de la frontière maudite et de Metz dont il gardait, parmi ses souvenirs d'enfance, le son très aimé des cloches.

Quarante-quatre ans, la moitié de sa vie, ce son des cloches messines bourdonna à ses oreilles en lui rappelant le Drame par excellence, le Drame d'autant plus terrible qu'il n'était qu'interrompu, et que toutes les paroles qui pouvaient être échangées durant le long entr'acte, n'étaient que chuchotements étouffés par le grand bruit d'airain venu de Lorraine. Il l'entendait; il ne cessa pas, pendant près d'un demi-siècle, de parler du Drame interrompu; et, plus d'une fois, halluciné, croyant que le Drame reprenait, il dut dire à ses amis, dans les couloirs : « On rentre... »

On est rentré. Un peu trop tard pour lui.

Permettez-moi, Messieurs, d'évoquer les quelques

heures tragiques où un féroce |Destin se complut à lui
disputer et finalement à lui refuser la Terre promise.

Le son de ses cloches était-il devenu trop obsédant?
Le 17 juillet 1914, au lieu d'aller faire une cure habi-
tuelle, il décida de se rendre directement à son village de
Rehon, près de Longwy. Il était déjà très souffrant. Les
bruits de guerre viennent l'y troubler au bout d'une
semaine, et au bout de deux semaines la guerre. Les
Allemands sont entrés dans les villages environnants, ils
emplissent les bois et prennent possession des hauteurs.
Mézières voit autour de lui fuir des malheureux épouvantés.
Rehon est déjà presque séparé de la France; la poste ne
fonctionne qu'à de rares intervalles : le 12 août, y
parvient le dernier courrier. On y suit par un journal
belge que l'on se passe de l'un à l'autre avec difficulté les
péripéties de la résistance de Liége. Plus besoin de journaux pour connaître l'histoire du siège de Longwy et de la
bataille du 22 août : on y est. Alfred Mézières secourt les
blessés au Dispensaire situé dans sa propriété. Il vit, lui
et les gens de sa maison, dans les sous-sols. Le 24, une
foule d'habitants de Longwy-bas et des environs arrivent
à Rehon : il en héberge autant qu'il peut; il a chez lui
la Maternité de Longwy, de pauvres jeunes accouchées
avec leurs petits, nés sous les obus. La façade de la maison est éraflée par les balles, la toiture entr'ouverte ; dans
le jardin, de grands arbres sont décapités. Longwy tombe
le 26. Dès lors commencent les exécutions sommaires sur
le moindre soupçon de favoriser la fuite des soldats français, sur la trouvaille d'un fusil, d'un ceinturon abandonné.

Le dernier témoin de la vie de Mézières me dit : « Il

aimait la campagne, les bois, où il allait s'asseoir, un livre
à la main, car il n'était jamais inoccupé. » Voici quelles
furent ses occupations, ses promenades, en son dernier
automne; elles consistèrent à recueillir dans son parc des
fusils, des ceinturons, des képis français et à les faire
enfouir dans les fourrés, afin de ne pas exposer sa mai-
sonnée, devenue un précieux refuge.

Autour de lui on arrête ses amis comme otages. Il est
menacé, quoique très âgé, infirme et malade, de partager
leur sort. Les trains qu'il voit sont bondés de soldats
allemands qui ont pavoisé leurs wagons avec des bran-
ches et hurlent : « Nach Paris! » C'est la fameuse
« guerre fraîche et joyeuse » qui passe sous les yeux du
vieux patriote français. Le mois de septembre s'écoule
tout entier — le mois de septembre 1914!... — sans
qu'aucune nouvelle lui parvienne; il est entouré d'Allemands, qui maintenant occupent sa maison; il n'entend
parler que de la défaite complète de son pays; il ignore
totalement la Victoire de la Marne! Et cependant il con-
serve un espoir, qui ne l'a jamais abandonné.

Un jour, les gendarmes se présentent. On vient perqui-
sitionner. C'est le signe : il va être arrêté ou tout au
moins vont l'être les personnes dévouées de qui un vieillard ne saurait se passer. En effet, on lui arrache ce sou-
tien suprême, l'espace de quelques heures : le temps de
donner au malheureux l'angoisse mortelle. On ne l'arrête
pas, on n'arrête personne. On lui donne même le motif
de la perquisition; le voici : un grand journal parisien
avait publié cette courte note : « M. Mézières est dans
sa maison de famille, à Rehon. Il attend avec confiance

sa prochaine délivrance. » C'est là-dessus qu'on a procédé à la cruelle formalité qui l'ébranla.

Messieurs, le seul bon moment qu'il eut avant sa fin lui est venu de vous. Il a appris que l'Académie l'avait réélu conservateur du Musée Condé et que ses confrères espéraient le revoir bientôt réuni à eux, à l'Institut. Dès lors, il ne rêve plus que de revenir ici.

Ses amis multiplient les démarches pour obtenir qu'il puisse quitter Rehon : il a quatre-vingt-huit ans, il est malade, il désire embrasser ses enfants. A la Kommandantur de Longwy, le colonel répond : « Il veut partir? il est malade? Eh! bien, il partira comme les autres, sur la paille... » Les mois passent; depuis plus d'une année le vieillard est environné par l'ennemi; il endure des souffrances mortelles; il ne se plaint pas; il espère toujours.

Le 3 octobre 1915, un officier d'ordonnance du commandant de la place de Longwy vient annoncer que M. le Sénateur est autorisé à rentrer en France, échangé contre un consul. A ce moment, dans la chambre au-dessus, entre les bras d'un garde-malade, M. Mézières était mourant. On lui épargna même la vue de l'officier; cet uniforme lui faisait mal. Il s'éteignit le 10 octobre.

A son enterrement furent autorisés à assister ses amis retenus comme otages, et chacun d'eux était escorté d'un soldat allemand.

Nous pouvons imaginer ce cortège, simple, disparate et touchant, qui s'avance dans la campagne française souillée et ravagée... Ces champs, ces bois, où jadis il aimait s'asseoir, un livre à la main...

Le sort a, lui aussi, ses cruautés... Que le cœur de ce vieillard eût palpité trois années de plus et un mois, jour pour jour, peut-être alors succombait-il, — mais de joie...

RÉPONSE

DE

M. HENRI DE RÉGNIER

DIRECTEUR DE L'ACADÉMIE FRANÇAISE

AU DISCOURS

DE

M. RENÉ BOYLESVE

Monsieur,

Vous vous étonneriez à bon droit si, en vous souhaitant ici la bienvenue, je ne m'associais pas à l'hommage que vous avez rendu à une illustre amitié dont il me fut donné, comme à vous, d'éprouver l'active et généreuse bienveillance. Nul, en effet, autant que notre regretté confrère Paul Hervieu, n'a laissé à ceux qui l'ont bien connu le souvenir du plus vigilant, du plus dévoué, du plus parfait des amis, et du plus réfléchi, car le choix qu'il apportait à ses affections le montrait toujours soucieux de mettre d'accord, vis-à-vis d'elles, son cœur et sa conscience. Si Paul Hervieu eut le culte des hautes

lettres, il eut aussi, comme vous l'avez dit, la passion de
la justice et il réalisa, avec une admirable probité d'esprit, la tâche difficile d'être juste, à son point de vue,
aussi bien dans ses éloignements et ses antipathies que
dans ses préférences et ses admirations. Noble soin qui
donnait à ses sentiments une valeur particulière! Vous
l'avez senti, Monsieur, et vous avez eu raison d'être fier
de l'amical patronage dont il vous honora et auquel vous
attribuez, avec une modestie qui, je le sais, n'a rien de
feint, l'accueil que vous reçûtes, quand vous vous déci-
dâtes à souhaiter les suffrages de vos confrères d'aujour-
d'hui, parmi lesquels manque, hélas! celui qui eût été si
heureux de vous voir prendre place à ses côtés.

Si, de ce patronage, vous avez tiré de quoi rassurer
l'estime trop modeste que vous avez de vous-même,
permettez-moi, tout en reconnaissant l'appoint d'un
pareil appui, de vous exposer maintenant quelques raisons propres à vous enlever toute incertitude sur la légi-
timité de votre présence parmi nous. Ces raisons, je les
emprunterai aux traditions mêmes de l'Académie, et c'est
elle ainsi qui, par ma bouche, vous déliera de tous les
doutes que vous pourrait encore suggérer une trop scrupuleuse inquiétude.

L'Académie, en effet, tient à honneur de rechercher,
parmi les élites du pays, leurs représentants les plus
notables pour se les associer et les admettre en sa compagnie. Par eux, elle s'efforce de s'incorporer les plus
solides et les plus brillantes renommées françaises. Au
cours de sa longue durée, elle a été fidèle à cet usage et,
pour lui donner tout son sens, elle n'a cessé d'élargir ses

choix. Elle a pour les fixer les indications de la gloire. Ainsi, elle obéit à une juste ambition qui, en la faisant ce qu'elle est, l'a faite ce qu'elle doit être. Gardienne du langage et hôtesse de la pensée, que cette pensée s'exerce par la lettre ou par le chiffre, par la parole ou par l'action, l'Académie se doit à elle-même d'ouvrir ses portes à ceux qui, dans les divers domaines de l'intelligence, sont l'expression vivante du génie éternel de la France. C'est ainsi qu'on l'a vue appeler à elle des hommes d'État et des hommes d'Église, des hommes de plume et des hommes d'épée, des savants illustres et d'éminentes personnalités sociales, puisant, dans la diversité même de ses choix, une part du crédit dont elle jouit et sa vitalité sans cesse renaissante.

C'est au même sentiment qu'elle s'est conformée — interprète, cette fois, de la reconnaissance nationale — quand elle a élu le citoyen illustre dont l'étonnante et magnifique vieillesse a vu, avec le triomphe du Droit et de la Justice, la grandeur restituée de la Patrie, et qui, tout vibrant encore de l'immense tâche accomplie par son énergie infatigable et son implacable vigilance, lorsqu'il viendra s'asseoir parmi vous, Messieurs, y retrouvera les deux hommes dont les noms glorieux évoquent un éclat de victoire et en qui s'incarne, dans la plus haute dignité militaire, l'âme héroïque des armées françaises à qui nous devons la grande œuvre de la France sauvée, de la France reconquise, de la France délivrée, de la France vivante malgré ses deuils et debout, en face de l'avenir, de toute sa hauteur, plus haute que le plus haut laurier.

Ces grands voisinages, Monsieur, si je vous les cite,
c'est aussi bien pour en parer l'Académie que pour
reconnaître ce qu'ils ont, chez elle, de conforme à
des traditions auxquelles votre présence n'est nulle-
ment contraire. Bien plus, elle satisfait à un souci
cher à notre Compagnie et qu'elle sera toujours jalouse de
conserver, car la qualité d'écrivain sera toujours le titre
principal auquel elle restera fidèlement sensible. Par
sa constitution même, par son but, l'Académie s'ouvre, de
droit naturel, à ceux qui, par la plume, ont acquis une
juste renommée et qui honorent les lettres par leur
talent et par la pratique et l'amour exclusifs de leur art,
à ceux qui ont ajouté au patrimoine littéraire de la France.
Vous êtes de ceux-là, aussi est-il convenable et naturel
que vous soyez ici aujourd'hui. L'accueil qu'on vous
y a fait en est la preuve par la spontanéité que vous y
avez trouvée. Ne vous étonnez donc pas de cette con-
joncture, sinon je serai obligé d'avoir à m'étonner également que, vous ayant précédé à cette place, j'aie l'agréable
devoir de répondre à votre remerciment. Épargnez-vous
donc, Monsieur, afin de ne m'y point contraindre, un
étonnement que je pourrais peut-être partager, mais qui
ne serait pas dans nos usages.

Le goût des hautes lettres et le sens du ferme et clair
langage français qui a fait de vous l'écrivain délicat et
sobre que vous êtes, votre regretté prédécesseur, Alfred
Mézières, en témoigna du début à la fin de sa longue carrière. Vous l'avez retracée en termes excellents, avec la
plus clairvoyante sympathie et le respect le plus courtois

et vous avez dit d'Alfred Mézières ce qu'il en fallait dire.
Vous nous l'avez montré, dès sa jeunesse, après de brillantes études universitaires, soucieux de penser nette-
ment et d'écrire avec élégance. Vous avez noté la curiosité de son esprit, l'indépendance de son jugement, la
liberté de sa critique, le bon aloi de son érudition, la
variété toujours précise de son talent, qu'il l'appliquât à
l'histoire, à la morale ou à la politique. Vous avez
indiqué avec quelle conscience, dans sa vie de journaliste, il demeura toujours attentif à ne pas se laisser
absorber par elle. Pendant un demi-siècle, Alfred Mézières publia dans les quotidiens de nombreux articles
toujours pleins de justesse et de bon sens, tout en trouvant
le temps, malgré ce labeur continuel, de mener à bien,
avec une patiente activité, de grands ouvrages de haute
critique : ses *Prédécesseurs de Shakespeare*, ses Études sur
Pétrarque et sur Gœthe qui forment son principal titre
au souvenir de la postérité.

En évoquant ainsi en Alfred Mézières l'écrivain égal
et mesuré, vous n'avez pas oublié non plus le citoyen si
noblement dévoué aux intérêts et à la grandeur de la
Patrie et vous avez défini la part prise par ce bon Français dans la politique de son pays. Vous avez rappelé le
Sénateur de Meurthe-et-Moselle, le membre écouté de la
Commission de l'armée qui mêlait à son incontestable compétence tant de souriante courtoisie. Alfred Mézières, pour
avoir beaucoup vécu parmi les livres, n'en savait pas
moins manier les hommes. Il voilait l'autorité qu'il prenait
aisément sur eux, d'une charmante bonhomie. De combien
d'associations Alfred Mézières n'était-il pas président! Et

quel tact, quelle familiarité aimable, quelle assiduité ponctuelle n'apportait-il pas à ces fonctions! Je l'ai vu quelquefois en des comités littéraires. Il y était admirable, rectifiant les projets, réfutant les objections, résumant les questions avec une gracieuse sagesse, parlant à chacun avec une amitié si paternelle qu'elle substituait vite le prénom au nom. Pour Alfred Mézières, on était Jacques, Louis, Jules, Edmond, Paul, Ernest... Vous avez dû être René, Monsieur. Au premier abord, on était quelque peu surpris, mais on s'habituait avec plaisir à ces façons patriarcales qui groupaient autour de l'éminent et amène vieillard toute la famille des lettres.

Une telle vie, si pleine de devoirs et de travaux vaillamment et brillamment accomplis, eût dû se terminer dans les douceurs apaisées d'un long soir, mais la destinée en a voulu autrement. La foudre, qui grondait sourdement au ciel orageux de l'Europe de 1914, le sillonna d'un brusque et formidable éclair. Vous nous avez montré Alfred Mézières surpris par la tourmente, en sa maison de Rehon, à deux pas de la frontière et sous le canon de Longwy bombardé. Figure shakespearienne que celle de cet octogénaire malade, isolé des siens, soumis à la surveillance brutale et tracassière d'un ennemi sans générosité, mais qui, malgré tout, ne désespéra jamais du salut de la Patrie. Mézières à Rehon, en plein flot de l'invasion, c'est une image qui nous émeut, et qu'il soit mort avant d'avoir vu la victoire de nos armées. Avec quelle joie, il fût rentré avec elles dans ce Metz où il était né et que n'avait jamais cessé de chérir **son cœur** de patriote et de Français!

Lorrain de naissance, Alfred Mézières, vous l'avez noté,
était, par sa famille paternelle, originaire du Maine. Du
Maine à l'Anjou, il n'y a qu'un pas, aussi constatez-vous
en lui des influences angevines. Vous les reconnaissez
dans « cette aménité aussi complaisante qu'avertie » dans
« ce sourire sous la gravité » qui caractérisaient notre
confrère, et les qualités que vous trouvez en lui ramènent
votre pensée vers ces provinces aux paysages modérés,
aux lignes en apparence assoupies, qui sont une des grâces
de notre France. Ces paysages vous les avez évoqués
avec une émotion contenue et une prédilection marquée ;
et nul, mieux que vous, ne les a peints en leur harmonieuse
et sobre beauté, en leurs couleurs si nuancées, en leur
pittoresque intime, en leur souriante mélancolie. N'est-
ce pas sur eux que se sont ouverts vos yeux d'enfant et
n'ont-ils pas laissé dans votre esprit et dans votre cœur
des images dont a longuement vécu votre souvenir et qui
sont, pour ainsi dire, comme le cadre de votre figure littéraire.

C'est dans une de ces petites villes de Touraine dou-
cement posées au milieu des douces campagnes tourangelles que vous êtes né et que vous avez grandi. Vous
vîntes au monde le 14 avril 1867 à la Haye-Descartes.
Le grand philosophe qui vous y avait précédé lui-même
au berceau et dont le nom s'est ajouté à celui de sa cité
natale n'a eu, je dois l'avouer, aucune influence sur votre
esprit, car les spéculations métaphysiques ne vous ont
jamais attiré, et cependant je sais que, de la fenêtre de
votre logis, on pouvait apercevoir, en se penchant beaucoup, la maison à pignon gothique et à meneaux où naquit

l'auteur du *Discours de la Méthode*. Ce voisinage, c'est tout ce que je sais de la Haye-Descartes, mais je gage que, si le hasard m'y conduisait, je ne m'y trouverais pas tout à fait étranger et que les petites villes que vous avez décrites dans vos livres ressemblent singulièrement à celle-là. J'y reconnaîtrais aisément cette maison Collivaut qui, avec sa terrasse et son cadran solaire, joue un si grand rôle dans votre beau roman : *L'Enfant à la Balustrade*. La demeure des Plancoulaine ne s'y dresse-t-elle pas aussi en son opulence bourgeoise, non loin du presbytère du bon curé de Beaumont avec son jardin charmant et désordonné, bien que vous ayez dû faire subir à ces lieux les déformations inévitables que le temps et la distance imposent à nos souvenirs d'enfance pour les soumettre à l'art du roman qui n'emprunte à la réalité que ce qu'il lui faut pour être plus vrai qu'elle-même.

Cet art, que vous avez poussé jusqu'à une perfection personnelle, rien, autour de vous, durant vos années d'enfance, sinon le spectacle de la vie, pour vous y incliner. De famille notariale, vous vîtes, m'avez-vous dit un jour, griffonner beaucoup de papier dans la maison paternelle, mais ce n'est pas cet exemple qui fit de vous un écrivain et de l'écrivain un romancier. Néanmoins, dans ces années lointaines, vous deviez avoir déjà un penchant à l'observation. J'en ai pour preuve certains de vos livres où l'on sent, sous la fiction, la présence de souvenirs réels et où vous confiez à un enfant le récit d'événements, dont il fut le témoin déjà attentif.

Ils datent, ces livres, sinon en leur forme achevée, du moins en leurs substructions profondes, de vos observations et de vos émotions de première jeunesse. Ils sont faits d'un peu de vous-même et interprètent des spectacles qui vous avaient frappé. Vous ne vous y êtes pas raconté, car un talent de la nature du vôtre répugne à la littérature directement confidentielle et n'aime pas à utiliser la vie à l'état purement documentaire ; il la transpose en sa vérité et c'est dans cette transposition que l'art intervient ; mais cet art de faire du vrai avec de la réalité, d'où nous est venue l'idée de le pratiquer ?

Cette curiosité que l'on éprouve en face d'un écrivain, de savoir à quel moment, à la suite de quelles circonstances et par suite de quelles influences il a été déterminé à écrire, cette curiosité je l'ai ressentie vis-à-vis de vous. Rien n'est mystérieux comme cet appel profond des vocations, ses instances détournées ou son ordre brusque, comme cet attrait obscur qui pousse un être à donner à sa vie ce but singulier qui consiste à se créer pour y vivre un monde imaginaire qui, même s'il reproduit fidèlement le réel, nous contente mieux que lui. Rien n'est attirant comme ce secret que nous gardons au fond de nous-mêmes et dont à nous-mêmes les origines parfois nous échappent !

L'aveu des circonstances, souvent inexplicables, de leur vocation, certains écrivains nous l'ont fait et c'est encouragé par leurs exemples que j'ai eu l'indiscrétion de vous le demander. Vous avez mis tant de bonne grâce à me répondre que vous ne m'en voudrez pas de profiter de votre confidence. D'ailleurs, ce sera vous ramener, un instant encore, à vos jeunes années, dans une de ces vieilles maisons tourangelles où il doit être si doux d'être enfant, dans celle-là même où nous introduit votre admirable roman : *la Becquée*. Mais souffrez que je vous cède un moment la parole : « Le goût d'écrire m'est venu assez bizarrement, par une soirée d'hiver, à la campagne, dans la maison que j'ai décrite dans *la Becquée* où l'on jouait au loto devant une grande cheminée flamboyante. J'avais sept ans; je n'aimais pas plus les jeux à cette époque qu'aujourd'hui et je lisais tout seul, en un coin, le *Magasin Pittoresque*. C'est là que je lus un petit récit de la mort de Lamartine et jamais rien au monde, je ne me l'explique pas, ne me fit tant d'effet que cette évocation d'un grand poète dont je n'avais jamais entendu parler, qui vivait dans un chalet de Passy, entouré de lévriers, et qui prisait ! Je restai hypnotisé par cette demi-colonne du *Magasin Pittoresque*; j'y repensai longtemps et je demandai à mes parents, pour mes étrennes, de me faire cadeau de cahiers de papier blanc. Quand je les eus obtenus, je n'écrivis rien dessus, mais je me promenais dans le jardin, durant des heures, en imaginant des histoires à écrire plus tard sur mes cahiers dont j'avais soin. Voilà, ajoutez-vous, ma première rencontre avec la littérature. Il me fallut attendre jusqu'à quinze ans pour avoir un livre de Lamartine. Je louai chez un bouquiniste de Tours, avec mon premier argent de poche, un *Jocelyn* à couverture dégoûtante et lus toute une nuit à la lueur d'une bougie. Je n'eus plus de goût véritable qu'à écrire moi-même des vers, en cachette. »

Telle fut, Monsieur, la façon dont vous fîtes vos premiers pas sur la route qui vous a mené ici, mais, avant d'en arriver à l'époque où vous avez pu satisfaire librement et publiquement votre inclination à être auteur,

laissez-moi vous rappeler brièvement les études qui
contribuèrent à former en vous l'écrivain que vous êtes
devenu. Successivement élève des Jésuites et des Picpu-
ciens, d'un prêtre libre, vous achevâtes vos classes au
lycée de Tours où vous fûtes un sujet remarquable, au
point que l'on songea pour vous à l'École Normale. A
Paris vous vous inscrivites à la Faculté des Lettres, vous
passâtes votre licence en Droit. On vous vit fréquenter
l'École des Sciences politiques et l'École du Louvre,
mais ces divers travaux ne firent de vous ni un professeur,
ni un juriste, ni un diplomate, ni un archéologue. Les
fonctions ne vous tentaient pas; la vie et les livres vous
intéressaient seuls, la vie par les spectacles qu'elle pré-
sente, les livres par les idées qu'ils expriment. En un mot
et pour tout dire, au lieu de choisir une carrière vous
« cultivâtes la littérature », mais vous n'étiez pas de ceux
qui s'improvisent auteur et se croient capables, avec une
naïve outrecuidance, de tout tirer de leur fond, comme
si toute la littérature commençait à eux et devait finir en
eux.

La finesse de votre esprit, sa mesure naturelle, vous
écartèrent de cette illusion juvénile. Vous aviez compris
dès lors que le désir d'être un littérateur n'exclut point
le souci d'être un lettré et que tout talent et même tout
génie, si originaux qu'ils soient, ont besoin de points
d'appui et relèvent de parentés originelles et d'influences
formatrices. Vous aviez compris qu'il y a en littérature
une tradition et qu'il importe de découvrir par où l'on en
dépend. Aussi cherchâtes-vous dans quel terrain littéraire
plongeaient vos racines secrètes. Vous vous enquîtes

des esprits de votre lignée, non pour les imiter, mais pour vous fortifier de leur fréquentation éducatrice.

Si votre première admiration fut Lamartine (remarquons que vous l'abordâtes par *Jocelyn* où un roman est inclus dans le poème) vous ne vous en tintes pas au grand lyrique. A son culte, vous en ajoutâtes d'autres qui auraient de quoi déconcerter, si l'on ne discernait en vous une complexité qui les explique. Si Lamartine flattait votre goût pour la belle harmonie du langage et plaisait à votre sensibilité juvénile, vous aimiez aussi l'observation et l'ironie. Vous prisiez le style net et clair, bien ajusté à la pensée et qui fait étroitement corps avec elle, une certaine façon d'en dire plus qu'on n'en a l'air. Vous le trouviez, ce style, dans les *Lettres Persanes* de Montesquieu et dans les romans de Voltaire, et c'est lui que vous avez retrouvé chez Ernest Renan et chez Anatole France. Renan et France furent parmi les éducateurs de votre esprit. Les Goncourt aussi. Ne vous en défendez pas, car je ne vous le reprocherai point. Avec leurs défauts, leurs tics même, ces subtils et curieux artistes méritent d'être considérés. Dans la grosse vague naturaliste qui déferla lourdement sur notre jeunesse, les Goncourt dessinaient une volute élégamment et bizarrement contournée en rocaille. Leur réalisme minutieux, à la fois maniéré, sincère et voulu, naïf et alambiqué nous attirait. Leur *Journal* vous retint par ses notations aiguës et précises. Ce procédé méticuleux, peignant par petites touches justes, vous séduisait d'autant qu'il n'est pas sans rapport avec celui de Sainte-Beuve, de Sainte-Beuve que vous admirez et à qui vous avez tenu à rendre hommage

en passant, avouant ainsi. pour les ouvrages de critique.
un goût ancien et persistant, qui, maintenant encore, aux
heures indécises, vous fait ouvrir un tome des *Lundis* ou
reprendre une page de Taine.

Ne croyez pas, Monsieur, que je veuille interpréter
cet aveu de fidélité à une habitude comme une marque
d'indécision littéraire. Je sais très bien que ce n'est ni un
secours, ni une direction que vous cherchez dans les
écrits des critiques. Votre seul amour des lettres vous
porte à leur conversation. Vous aimez tout ce qui concerne
la littérature et vous vous plaisez aux discussions dont
elle est le sujet. Que la critique commente les grandes
œuvres du passé ou s'applique à situer à leur place les
ouvrages contemporains. vous l'écoutez volontiers.

Et puis vous aimez l'ordre et la justice, et la critique
a. dans ses attributions, la police des Lettres, ce que
Balzac appelait « la magistrature des idées ». Certes ses
arrêts sont révocables et ses erreurs ne sont pas rares.
mais elles ne nous irritent pas quand elles sont commises
de bonne foi. Nous respectons la critique quand ses juge-
ments sont rendus avec impartialité, mais nous la dédai-
gnons quand. indigne d'elle-même, elle ne sert qu'à
affirmer des partis pris et à satisfaire des rancunes.

Ce fut ainsi que. conduit par un instinct profond,
affermi par une éducation solide. appuyé de lectures
nombreuses. étayé d'admirations raisonnées. pourvu déjà
d'observations réfléchies. vous arrivâtes au moment de
produire, à ce que l'on nomme l'époque des « débuts ».
Les vôtres. Monsieur, je dois le dire, furent assez singuliers.

Il semble en effet, que vous y ayez apporté grand soin à éviter autant que possible les moyens de vous faire connaître. Pour parvenir à ce but vous adoptâtes une conduite appropriée. Tandis que les jeunes gens que tourmente le démon de la littérature éprouvent le besoin de se grouper — peut-être un peu pour devancer la véritable notoriété future par des renommées de Cénacles qui leur en tiennent lieu provisoirement — vous, vous restiez soigneusement à l'écart de leurs réunions. Vous ne montriez aucune disposition aux camaraderies littéraires. Vous leur étiez même un peu trop sévère et vous aviez contre elles des préventions un peu exagérées, car il serait injuste de n'attribuer qu'à l'effet de petites vanités cet instinct de groupement dont témoigne la jeunesse. Au temps de la nôtre, du moins, il n'en était pas ainsi. Nous nous assemblions pour mettre en commun nos aspirations réciproques et pour les contrôler les unes par les autres. Tel fut bien, n'est-ce, pas le caractère des écoles littéraires dans la curieuse période qui va de 1887 à 1900 et qui s'appellera dans l'histoire des Lettres la période du Symbolisme. On y était, dans les divers groupements qui se succédèrent, peu préoccupé du succès et de trouver accès auprès du grand public. On s'y contentait d'adhésions amicales et la meilleure récompense de nos efforts était l'assentiment des maîtres que nous nous étions choisis.

J'en appelle à vous, mes compagnons de jeunesse, dont beaucoup ont déjà disparu! Souvenez-vous de nos rêves et de nos idées d'alors, de notre dédain de l'opinion, de notre indifférence au succès, de notre amour de l'art, pour l'art lui-même. Amis du temps lointain du Symbolisme, rappelez-vous nos ambitions en ces années où la presse se gaussait de nos théories et où le public ne se souciait guère de nos tentatives! Quels âpres conquérants de la gloire nous faisions vraiment en ces temps où nous allions écouter dans les tavernes les soliloques nocturnes de Villiers de l'Isle-Adam, où nous allions visiter Verlaine à l'hôpital et Stéphane Mallarmé en son modeste logis de la rue de Rome! Qu'ils nous accordassent un mot d'encouragement ou d'approbation, nous étions heureux et fiers! Que nous importait le reste?

Vous avez connu, Monsieur, d'un peu loin peut-être, mais vous avez connu ces milieux littéraires de l'époque du Symbolisme. Sans vous être mêlé directement à eux, vous avez vécu dans leur voisinage intellectuel et je suis certain que vous ne contrediriez pas au souvenir que j'en ai gardé. Vous fûtes témoin du parfait désintéressement qui y régnait, du noble idéalisme des jeunes écrivains qui les composaient, de leur dévouement à l'art et à la beauté. Si certains, à qui la vie fut peu clémente, n'ont pas donné leur mesure, si d'autres sont morts prématurément, il n'en est pas un qui n'ait rêvé de belles et grandes choses. Leurs noms méritent de ne point périr et plus d'un en sont déjà assurés. Saluons les Rémy de Gourmont et les Albert Samain, les Jean Moréas, les Jules Laforgue, les Stuart Merrill, les Pierre Quillard et les Ephraïm Mikhaël, les Hugues Rebell et les Marcel Schwob et vous, Jean de Tinan, et vous, Charles Guérin, pour ne pas parler des survivants. Associons-les aux hautes et glorieuses mémoires d'un Villiers de l'Isle Adam, d'un Stéphane Mallarmé, d'un Paul Verlaine.

A ce mouvement littéraire si actif, si curieux, si fécond
en quelques unes de ses directions, vous n'avez pas,
comme je viens de le dire, pris part personnellement. La
raison en fut ce goût pour l'isolement que j'ai constaté
chez vous. Vous eussiez cependant été accueilli avec sympathie, bien que l'état d'esprit, dans ces milieux, fût assez
différent du vôtre. Mais vous n'avez pas tenté l'aventure et
vous êtes resté à l'écart. Vous êtes demeuré un isolé, un
solitaire. En effet, durant ces années, on ne vous vit nulle
part, ni dans la cave des Hydropathes, ni chez les Hirsutes,
ni chez les Rose-Croix, ni aux banquets de la Plume, ni
aux dîners des Têtes de Pipe, ni aux soirées du Chat noir.
On ne vous rencontrait ni au chevet de Verlaine, ni aux
mardis de Mallarmé, ni aux samedis de Heredia. Pas plus
à Médan chez Zola, qu'au grenier, chez Goncourt. Vous
ne fûtes d'aucune école, d'aucune chapelle, d'aucun cé-
nacle. Vous ne fûtes ni Décadent ni Symboliste. Votre
indépendance ne s'accommodait d'aucune étiquette et ne
souffrait aucun embrigadement. Et pourtant, une fois,
à cette époque, je crois bien vous avoir rencontré à une
réunion de l'*Ermitage*. *L'Ermitage* était une revue dont
le nom avait sans doute apprivoisé votre sauvagerie. Vous
vous y laissâtes conduire par un ami, mais on y était
volontiers mystique, théosophique, hermétique, aussi ne
fîtes-vous qu'y passer. Votre instinct de solitude vous
ramenait toujours à vous-même.

Cet instinct, je vous l'ai entendu qualifier d'instinct
de troglodyte et en attribuer la présence en vous à votre
pays d'origine. On trouve sur les bords de la Loire des
caves creusées dans le rocher et qui servent d'habitations

aux riverains. Ah ! que l'on y serait bien, n'est-ce pas, pour écrire ! Mais il n'est pas facile d'être troglodyte à Paris, quelque horreur que l'on ait à sortir de chez soi. Ne m'avez-vous pas confié qu'Alphonse Daudet ayant remarqué votre premier livre dut vous violenter pour vous faire aller jusqu'à lui ? Il vous écrivit par trois fois et vous menaça de vous envoyer chercher en voiture, si vous ne vouliez pas venir à Champrosay lui montrer comment vous étiez fait. Votre troglodytisme dut se résigner et ne le regretta pas. Mais vous faisiez, convenez-en, un singulier arriviste.

Vous aviez aussi trouvé un étrange moyen de placer votre copie. José Maria de Heredia ne m'a-t-il pas conté qu'un jour, à la suite d'un concours littéraire qu'il présidait, il vous vit arriver chez lui pour revendiquer la paternité de la nouvelle récompensée. Vous aviez concouru sous un pseudonyme et vous aviez remporté le prix. Et le plus beau c'est que vous lui avouâtes que vous n'en étiez pas à votre coup d'essai ! Depuis longtemps déjà, vous mettiez sous enveloppe des contes de votre façon, signés de noms divers, et vous les adressiez aux journaux. Puis, cela fait, vous dépensiez vos économies de jeune homme à acheter les numéros du journal afin de voir si votre conte n'était pas inséré en belle page. Ce procédé, d'ailleurs, vous avait déjà réussi plusieurs fois. Vous aviez été inséré et même payé. Mais ce jeu n'était pas très propre à mettre en vue votre talent.

Ces curieuses pratiques n'avaient pas été heureusement votre occupation exclusive et vous aviez mis à profit votre

— 48 —

existence volontairement retirée pour vous livrer à cette
passion d'écrire qui vous venait de votre jeunesse et que le
temps avait rendue de plus en plus déterminée et de plus
en plus consciente. La publication de votre premier livre
attira sur vous promptement l'attention des lettrés. On
vous reconnut les qualités d'un talent d'avenir, et le succès vous vint sans que vous l'eussiez cherché. Une discrète rumeur de sympathie et d'admiration entoura votre
nom, qui, peu à peu, s'étendit et s'affirma. On s'aperçut
que nous avions en vous un romancier de la plus saine et
de la plus délicate tradition française et un écrivain de
valeur dont la maîtrise s'accusait à chaque ouvrage nouveau, parce que chacun de ces ouvrages attestait, avec une
exécution toujours ingénieuse, une conception toujours
sincère. Et ce fut ainsi qu'après votre *Médecin des Dames
de Néans* et votre *Sainte Marie des Fleurs*, nous aimâmes
tour à tour le *Parfum des Iles Borromées* et Mlle *Cloque;* ce
fut ainsi que nous nous divertîmes aux galants tableaux
de *La leçon d'amour dans un parc*, que nous avons admiré
l'émouvante et sérieuse beauté de *la Becquée* et de *l'Enfant à la Balustrade*, que nous avons souri au *Bel Avenir*,
que nous avons pleuré aux pages douloureuses du *Meilleur
ami* et de *Mon amour*, que nous avons retrouvé dans votre
Madeleine jeune femme, votre *Jeune fille bien élevée*, qu'après
votre grave et âpre *Tu n'es plus rien*, nous attendons encore
de vous d'autres livres émus, ironiques, observés, pitto-
resques, passionnés et vrais qui continueront à vous
assurer dans le roman de mœurs et de sentiment, dans le
roman français, la belle place que vous y occupez si légi-
timement.

Cette énumération rapide et incomplète me met, Monsieur, en présence de votre œuvre. Quelque vive que soit, comme je le disais tout à l'heure, votre estime pour la critique, ne comptez pas que je me hasarde à porter sur vos écrits un jugement critiquement motivé. Ce n'en est point le lieu et je n'ai point qualité pour aborder à vos dépens un genre littéraire qui n'est pas le mien. Vos beaux romans perdraient trop à mon analyse et à mon examen. D'ailleurs les personnages et les sujets en sont dans toutes les mémoires. Vous les avez peuplés de trop gracieuses, de trop amusantes, de trop émouvantes figures pour qu'il soit besoin de les rappeler ici. D'autre part, cependant, à défaut de l'incursion dans le domaine de la critique, que je m'interdis, votre biographie n'offre pas grande matière à discourir et je suis à court d'anecdotes sur votre compte. Votre vie comporte peu d'événements, comme celle des hommes dont le travail est la principale affaire. Il semble que le Destin hésite à les détourner de leur labeur et le respecte. Vous avez vécu pour votre œuvre et vous ne vous êtes mêlé à la vie que dans la mesure où vous en pouviez tirer des éléments de sensibilité et d'observation. Pour composer vos livres vous avez senti et regardé, vous avez fait appel à votre esprit et à votre cœur, vous avez laissé venir à vous vos souvenirs. Votre œuvre s'est faite de vous-même et c'est pour cela qu'elle vit par sa scrupuleuse sincérité. Chacun de vos livres vous représente tout entier et, s'ils sont divers, la raison en est dans la diversité qui est en vous.

Cette diversité, comme je l'ai déjà, je crois, constaté, unit en vous une certaine sensibilité poétique à une vive faculté d'observation. Vous sentez en poète, mais cette façon de sentir se corrige en vous par un discernement exact et souvent ironique de la réalité. Ce double caractère se retrouve en toute votre œuvre. Le poète et l'observateur se la partagent et le plus souvent s'y mêlent. Certains de vos livres sont presque des satires, certains presque des poèmes, mais à tous cependant je note un point commun. J'y relève presque partout la marque de ce que vous avez nommé vous-même un « idéalisme blessé » qui tantôt se désespère de sa déception, et en souffre, tantôt s'en venge par de la raillerie. Cette attitude d'esprit, il semble que vous l'ayez voulu résumer dans la saisissante image de l'enfant qui, de la balustrade de la maison paternelle, voit s'agiter à ses pieds la petite ville, — à elle seule toute la comédie humaine, — qui voudrait suivre ses rêves, comme l'a fait sans doute le Poète dont il aperçoit la statue sur la place publique, et qui lui demande, si l'on ne peut pas voir de plus haut et vivre au-dessus de la vie.

Ce désir « de voir de plus haut » vous en avez fait une des caractéristiques de votre œuvre. J'entends par là que vous y maintenez avec soin l'équilibre et l'égalité de points de vue différents et opposés. Par là vous obéissez à l'impartialité exigée du romancier, historien des mœurs, et c'est ce même souci qui vous a conduit à éviter dans vos romans tout *a priori*. Vous voulez qu'ils ne soient que des exemples pris dans la vie commune et qui ne poussent à aucune interprétation qui ne vienne d'eux-mêmes. Rien n'y est préconçu et vous vous abstenez de tout commentaire personnel, de même que vous en bannissez le plus possible l'élément dramatique et que vous y réduisez l'intrigue à n'y être plus que de l'intérêt. Donc ni thèse, ni péripéties. Quand vous avez mis en évidence un trait psychologique, un trait de mœurs ou de caractère vous êtes content. Vous renoncez aux avantages de l'intrigue dramatique ou romanesque où vous ne verriez volontiers qu'un artifice à ne pas employer et une concession populaire dont il ne sied pas de se servir.

Cette simplicité de moyens, d'ailleurs, n'est pas chez vous une théorie, mais une conviction profonde et raisonnée. Vous êtes en effet, le moins systématique des auteurs. Vous êtes bien plutôt un émotif qui obéit à ses impressions. Pour vous, la perfection réside dans l'extrême simplicité réalisée par l'extrême sincérité. Cette simplicité de la composition doit naturellement correspondre à une simplicité de style équivalente. De livre en livre, vous vous conformez plus strictement à ce double souci. Vous êtes l'héritier de ces vieux dessinateurs de l'École française du XVIe siècle qui visent à la justesse du trait et à la qualité du regard. Ce trait toujours juste et toujours expressif, c'est une des sobres et fermes grâces de votre style.

De ce procédé vous êtes devenu maître à mesure qu'après quelques hésitations vous vous orientiez dans votre voie, mais, presque dès votre début dans les lettres, vous avez trouvé la direction générale de votre effort. Considérons un instant vos deux premiers ouvrages : *Le Médecin des Dames de Néans* et les *Bains de Bade*. Dans le premier, on distingue déjà l'observateur ironique, le romancier de mœurs qui écrira bientôt *Mlle Cloque*; dans le second on entrevoit le conteur fantaisiste et narquois

qui composera un jour la *Leçon d'amour dans un parc*. Déjà
se manifestent en vous les qualités solides et brillantes
qui, dans la plénitude de votre talent, feront de vous
l'auteur de *la Becquée*, mais avant d'en venir là, permettez-
moi de signaler, dans le développement de votre pensée.
une déviation qui nous vaut deux œuvres charmantes, vos
deux romans d'Italie : *Sainte Marie des fleurs* et le *Parfum
des Iles Borromées*.

En effet, j'y vois la trace de votre goût pour la poésie
et le souvenir de vos juvéniles lectures lamartiniennes.
Ne sont-ce pas elles qui sont la cause de l'attrait qu'exerça
un moment sur vous le décor italien? Vous deviez au
chantre de *Graziella* de visiter après lui le pays des
poètes. D'ailleurs, en vous italianisant ainsi, n'obéissiez-
vous pas également à une tradition angevine et tourangelle? Comme l'Angevin Joachim du Bellay, le Tourangeau
René Boylesve a voulu faire le pèlerinage d'outre-monts,
afin de pouvoir lui aussi répéter au retour les vers fameux :

> Plus que le marbre dur, me plaît l'ardoise fine,
> Plus mon Loyre gaulois que le Tibre latin,
> Et plus que l'air marin la douceur angevine.

Peut-être saviez-vous d'avance ce qu'il en serait. Néanmoins, avant de demander votre inspiration à votre pays
natal, vous avez voulu connaître les joies de la couleur et
es ivresses de la lumière pour en épuiser, en une fois, les
sollicitations. Vous aviez beaucoup lu et vos lectures,
malgré l'indépendance et la fermeté de votre jugement,
n'étaient pas peut-être sans avoir déposé en vous quelques ferments de romantisme. Vous voulûtes aller voir si

le soleil d'Italie les épanouirait ou les dessècherait. Vous voulûtes tenter l'aventure toscane et milanaise, et cette excursion nous a valu deux livres charmants où vous prîtes le plaisir de faire respirer à vos personnages le doux air des bords de l'Arno et des rives du Lac Majeur, les odeurs des collines florentines et les parfums de l'Isola Bella. L'expérience fut pour ainsi dire négative. L'Italie ne vous rendit pas romantique. Vous vous aperçûtes que le décor d'une terre étrangère n'était pas nécessaire à votre talent. Vous revîntes de là déromantisé à jamais et c'est à partir de ce moment que vous trouvâtes définitivement votre voie. Elle vous ramenait à votre terroir d'origine, et, peu à peu, les ardents visages d'Italie s'effacèrent dans votre mémoire pour faire place à l'humble, grave et pathétique figure tourangelle de *M*^{lle} *Cloque*.

Mlle *Cloque*, Monsieur, marque une date dans votre œuvre et se rattache à ce que vous sentez le plus profondément. En elle s'incarne cet « idéalisme blessé » dont je parlais tout à l'heure. Mlle Cloque n'admet pas, étant une âme simple et passionnée, les timidités, les réserves, les réticences des âmes pratiques et médiocres. Elle en souffre et sa souffrance la pousse à résister aux tiédeurs et aux prudences environnantes. Elle entre en conflit avec elles. Mlle Cloque est héroïque dans la lutte inégale dont elle mourra, car elle ne survivra pas à son rêve déçu. Humble histoire que celle de Mlle Cloque, mais grande par son sens, histoire locale, histoire sociale aussi, car, autour de la vieille demoiselle obstinée à son idée fixe, s'agite toute la vie d'une ville de province, avec ses ambitions et ses petitesses, ses intérêts et ses intrigues, en ses types les plus caractéristiques et les plus vivants.

Si je me suis arrêté sur ce roman, c'est que j'y trouve déjà toute votre manière. Il se passe dans un milieu que vous connaissez profondément et que vous n'avez pas seulement observé en superficie. Dès lors vous demeurerez fidèle à cette condition qui donnera à tous vos livres leur solidité fondamentale. Et ce sera toujours ainsi que vous procéderez dorénavant. Dans une atmosphère dont vous connaissez exactement la température sociale et morale, vous placez une figure principale soigneusement étudiée et judicieusement significative, car si vous aimez le relief des caractères vous en évitez l'exagération. Ce goût d'une juste sobriété ne vous quittera jamais et vous en ferez preuve aussi dans les figures adjacentes. Elles seront en étroit rapport avec celle qui les domine, la compléteront de leurs contrastes et l'expliqueront par leurs différences. Et pour maintenir cet équilibre, vous userez d'un style clair et ferme, sans empâtements et sans fioritures. Je trouve tout cela dans *Mlle Cloque*; je le retrouve dans *la Becquée*, dans *l'Enfant à la Balustrade*, dans toute votre série d'études provinciales, si riches de vérité, d'observation, d'ironie souriante ou douloureuse, de malice aussi, et aussi de poésie discrète et nuancée.

Ces livres vrais et charmants ont certes fait beaucoup pour votre gloire, mais ils ont failli vous causer un désagrément auquel vous eussiez, je crois, été assez sensible. Par eux, vous avez risqué d'être classé au nombre des romanciers, peintres attitrés de la vie de province. Souvent je vous ai entendu vous élever contre cette classification. « Que signifie, disiez-vous, cette distinction entre le roman de province et le roman de Paris? Je n'en reconnais une qu'entre le roman humain et le roman artificiel, et, par ce dernier, j'entends celui où l'artifice domine le caractère d'humanité générale. J'ai bien remarqué des différences entre les gens de province et les gens de Paris, mais ce n'est pas une différence essentielle et qui vaille de créer deux classes de romans. » A votre protestation, je n'objecterai rien, Monsieur, et j'y contredirai d'autant moins que, des romans que vous avez publiés, une bonne moitié a pour cadre Paris ou l'étranger, mais après vous avoir donné satisfaction, laissons-là ce débat pour en revenir à ce beau domaine de Courance où habite Mme Félicie Planté, l'admirable Tante Félicie de votre roman *la Becquée*.

Je la vois, avec son grand chapeau et sa canne, parcourir ses champs, ses bois et ses vignes en tenant par la main le petit garçon qui deviendra l'enfant à la Balustrade. Elle lui apprend à aimer cette terre qu'elle aime et dont elle défend, avec un héroïsme quotidien, l'intégrité contre les avidités de toute une famille besoigneuse, implorante ou rusée. Et, dans cette lutte pour la sauvegarde du patrimoine, la tante Félicie, par devoir, se fera dure, parcimonieuse, obstinée, intraitable. Elle donnera à tous la becquée, mais elle conservera intact le nid, parce qu'il faut qu'il serve à d'autres couvées.

C'est une de vos œuvres les plus fortes et les plus célèbres que cette *Becquée*, comme le *Bel Avenir* est une des plus parfaites de celles que vous nous avez données. Dans aucune autre votre ironie ne s'est faite plus légère, plus malicieuse que dans cette comédie charmante qui est un roman délicieux. Dans les préférences que tout écrivain suggère à ses lecteurs, le *Bel Avenir* a ses partisans déterminés et je me rangerais peut-être à leur suite si vous n'aviez écrit le *Meilleur ami*, si vous n'aviez écrit ce délicat, subtil et douloureux chef-d'œuvre qui s'appelle : *Mon Amour*.

Mon Amour, c'est l'histoire d'un homme qui aime. Quoi de plus humain et de plus éternel que cette simple donnée! Elle vous a suffi pour écrire une œuvre d'émotion discrète et profonde, de vérité sobre, de perfection solide, un vrai type d'œuvre française et qui s'apparente à notre meilleure tradition classique. Car vous êtes classique, vous l'êtes par un sentiment naturel de l'ordonnance et de la mesure, en même temps que vous êtes moderne par une sensibilité aiguë et tourmentée. Mais cette sensibilité vous la traduisez par le moyen d'une langue élégante et forte, sans contorsion et sans grossissement, exacte et souple dans l'analyse, juste et claire dans la description et qui, sans surcharge de couleur et d'expression, fait songer aux paysages de votre Touraine natale dont elle a la grâce noble et l'harmonie heureuse, de cette Touraine où le héros de *Mon Amour* nous conduit un instant et dont il nous dit, en des pages si belles, le charme intime et familier.

Je ne pousserai pas plus loin cette revue de votre œuvre, mais je voudrais cependant résumer l'impression

qu'elle m'a laissée. Je passe sur ses qualités littéraires, sur
sa finesse et sa sûreté d'observation, sur sa valeur documentaire pour l'histoire des mœurs, sur tout ce par quoi,
sans intention ni prétention de morale, elle se rattache,
de par la sincérité de son analyse des sentiments et des
passions, à la meilleure tradition de nos moralistes ; je
passe sur le rare esprit d'indépendance dont elle témoigne, sur ses mérites si divers, mais ce que je veux en
retenir c'est l'amour profond que, tout entière, elle
exprime de notre vie française, de notre esprit de France.

Ah ! comme nous l'aimons cette vie qui est la nôtre, celle
de notre race, celle de notre Patrie ! Comme nous l'aimons pour ce qu'elle témoigne de courage à vivre, de
mesure et d'ironie, de sensibilité forte et gracieuse, d'obstination et de sérieux sous ses apparentes frivolités,
d'indulgence avisée, de civilité délicate et élégante, de
noble culture et de généreux enthousiasme ; comme vous
l'aimez, même en ses défauts et ses petitesses, et comme
vous avez dû souffrir — comme nous avons souffert ! —
quand nous l'avons vue menacée dans son existence même
par l'invasion brutale d'une barbarie arrogante et prétentieuse, assaillie par le flot agresseur dont la marée sanglante risquait d'emporter tout ce que nous chérissions
du plus tendre et du plus passionné de notre cœur ! Mais
aussi quelle fierté immense, quel orgueil enivré nous
avons éprouvé lorsque nous avons vu notre pays faire
face magnifiquement au danger, se dresser fort contre
la force et, dans un élan immortel, réunir toutes ses
énergies pour le salut commun ! Quelles angoisses, Monsieur, mais aussi quelle joie, le jour où, après tant de sang

répandu, tant de deuils et tant de larmes, nous avons
salué au ciel de France le vol lumineux de la Victoire!

Durant quatre années, nos regards se sont tournés
invariablement vers l'horizon de foudre et de feu où devait
se lever l'aurore attendue. Pendant quatre années, nos
cœurs ont battu dans une même pensée, pendant ces
quatre années où se jouaient les Destins de la France.
Aujourd'hui ils se sont fixés dans la gloire et bientôt la
paix ramènera à leurs foyers les héros de la grande
guerre. Ils regagneront leurs villes, leurs villages, leurs
hameaux après avoir passé sous l'Arc Triomphal. D'avance,
regardons-les venir et se disperser vers l'usine et l'atelier,
la ferme et le lopin. Regardons-les reprendre le travail
interrompu, retourner à leur métier, à leur état, à leur
fonction, à leur carrière, à leur art. Regardons-les se ré-
pandre à travers cette France qu'ils ont faite si grande.
Venez, Monsieur, accoudons-nous à la balustrade qu'ornent
maintenant des banderoles de victoire et saluons, en ces
héros, l'âme française, cette âme que vous avez évoquée
dans votre œuvre en sa finesse native et en ses nuances les
plus délicates. Accoudons-nous à la balustrade et saluons
le Bel Avenir. Il éclaire de son reflet glorieux le visage
sacré de la Patrie.

Paris. — Typ. Firmin-Didot et Cⁱᵉ, impr. de l'Institut, 56, rue Jacob. — 54613.